KB070925

귤

김백형

시인의 말

그리움엔 늘 통증이 박혀 있어 지움만이 위안인 듯 먹빛 씻기는 새벽입니다.

끝까지 길잡이가 되어 주신 고산준봉과 열두 별의 동행을 상기하면서

아빠 시가 나눠 먹는 '귤'이었으면 좋겠다는 흰초꽃해봄에게 21그램의 이 시집을 증여합니다.

2022년 6월 16일 4시 30분 행성 정렬을 기다리며

김백형

귤

차례

1부 저녁불을 켜러 갑니다

귤	11
하관	12
섭섬, 고래가 되다	14
우산	16
지구과학	18
창틀에 낀 것들	20
광화문 바닥분수	22
운천터미널	24
삼부연폭포	26
석이	28
마장호수 출렁다리	30
물소리를 따라 걷다	32
상선약수	34

2부 생과 죽음의 디저트

마카롱   37

평상   38

탁자   40

골목, 길 없는   42

계단 학습법   44

눈많은그늘나비   46

꽃근이   47

페이크 삭스   48

까닭을 키우다   50

박스   51

방충망   52

경의중앙선에게 묻다   54

3부 캄캄하게 나를 걸었다

그릇   57

와불   58

손가락을 위로하다   60

달력   62

내 자리는 어디인가요   63

경로를 이탈하였습니다   64

0   66

옷걸이   68

나도 지우개   70

방아깨비   72

냉장고   73

오십   74

4부 살릉살릉 죽은 별의 소리가 났다

크로키, 1979년 겨울   79

장화였다   80

유대류   82

홍제천   84

벽화   85

이브, 폭설   86

옷핀   87

요강   88

알전구 심부름   90

대설   92

동파   94

똥살개   96

해설

호흡을 기록하고 육성을 기억하는 시   98

—김준현(시인·문학평론가)

1부
저녁불을 켜러 갑니다

귤

귤이 익으면 몇 칸의 방이 되지요? 아빠도 시의 집을 지어요, 가난한 사람들 입에 별무리 터지는 소리 자꾸만 고이게, 아빠도 아빠의 껍질을 까서 군침 도는 시를 나눠 주세요

잠든 아이들 동그랗게 옮겨 놓고 껍질은 두 팔 벌려 덮었다 편다 새콤하고 달콤한 말들이 꽉 차 있다

어둠도 심장에 주홍빛 귀를 기울인다

하관

눈사람을 만들면 이름부터 지어 줄 거야. 돌림자를 써서 한 가족으로 만들어야지. 김백설 김백곰 김백점 생각할수록 신나. 부를 때마다 눈꽃세포는 막 살아나겠지

사람대접도 못 받고 춥고 고프고 서러웠다고 울컥 복받쳐 우는 사람을 본 적 있니? 바람도 눈길 한번 안 주고 가 버리던 작년 겨울, 난 빨간 목도리를 둘러 주었어

어디다 흘리고 왔냐 아내가 야단쳤지만, 세상에서 제일 깨끗한 사람 목에 둘러 줬다 둘러댔지

그날 목도리가 길을 낸 꿈에서 그가 말했어

기다림은 팔다리가 없어 엇갈리지 않을 거야

바람들 죄다 산으로 가고 어슬렁어슬렁 햇볕 쫓아갔더니 눈사람은 온데간데없지 뭐야. 그늘에 웅크린 잔설에게서 그의 안부만 들었지

둘둘 길 말아 놓고 하늘로 갔다는 그가 몸 썻고 하얗
게 돌아올 거라고, 눈사람은 길의 나이테라고, 귓속말로
전해 주더라

난 날마다 그 사람을 기다리지
겨울만 되면 제 이름 부르는 소리 듣고 지상으로 펑
펑 마음을 쏟을 거야. 맨발로 하얗게 달려올 거야

섭섬, 고래가 되다

파도가 아니라면 바다는 무엇으로 말할 수 있단 말
인가

폭염도 매미를 빌어 소리소리 질러대는 사진리 바닷
속 매미 같은 섭*들이 떼로 붙어 쏟아내지 못할 바다를
질러대고 있다
파도는 꼬리에 꼬리를 물고 잠행하는 하얀 유성들 맴
맴 섭이 쌓은 탑돌이를 한다
악착으로 족사를 뻗어 바위라도 붙들지 못하면 휩쓸
려 사라지고 마는 망망한 바다, 섭은 섬이 되어야만 했
나
죽어서야 살아나는 입들의 연유 따윈 묻고 싶지 않
아 세 치 혀가 붉게 타들어 가도 앙다문 입은 끝까지 바
위에 붙었다 중천금이 되면 다시 바위가 붙었다

소년은 섭섬에서 헤엄을 배웠다, 파도가 치면 바위에
붙어 섭이 되었다
어둠 껴안고 별을 꿈꾸던 섬이 시간의 따개비 달고 천

공에 분수 뿜으며 간다
　무궁무진 바다를 쏟으러

* 자연산 홍합, 참담치라고도 함.

우산

우산을 만든 이가 누군지는 모르지만
마음을 그대로 본本뜨지 않았을까요

보세요, 구름의 억장이 무너질 때
악착같이 딛고 서라 지팡이가 있잖아요
악에 받치면 하늘이라도 들이받아라 뿔까지 나 있고

우산살을 펼치니
아담의 갈비뼈 아래 지붕마저 둥근 에덴이 있습니다

한동안 눈길 한번 안 주던 우산을 들고
정류장으로 나갑니다

퍼붓는 빗줄기, 손아귀 위에 집 한 채 짓고
그 안에서 갓 나온 식빵처럼 우린 만납니다

다독이는 빗소리,
속마음은 젖지 않는

세상에서 가장 예쁜 산傘이 길을 떠가요

지구과학

베어 물 수 없는 세상에
네 까만 눈이 박히고

살다 보면 꼭 한번
날벼락도 박히고

타는 속 캄캄하게 견디다 보면
거꾸로 박수 받는 날이 올 거야

말만 들어도 시원하지
귀도 코도 다디달지

아빠, 수박은 어디서 굴러왔어?

뚝뚝 떨어지던 태양이 덩굴을 타고 푸른 행성 속으로 뺄뺄 기어들었어. 거기서 온몸 식혔지. 식은 채 잠들어 버렸던 거야. 자기도 깜박했던 거지

다음 날 중천에 떠서, 어제는 어디 갔지? 그제 그끄제
나는 어디로 갔지? 심증은 가고 깨트려 볼 수는 없고, 천
둥 쾅쾅 엄포까지 놓다 갔지. 그러거나 말거나 단꿈 흥
건해지는 수성 금성 지구 화성……

　그러니까 지금 썩둑썩둑 지구를 썰어 오대양 한쪽씩
을 먹는 거지

　선풍기 바람을 타고 거실을 항해하는 물배들
　지평선 너머 수박밭엔 별똥 밤새 떨어지고

창틀에 낀 것들

풍경이 끼었습니다
창틀이 만들어진 직후가 아니었을까요
살림살이가 궁금하고
머리맡에 널브러진 시집 제목도 궁금했을 겁니다
새들이 몰래 구름을 뜯어 물고 왔다는 구절에서
한참을 머뭇거리다 빠져나가지 못했을 텐데
그만 창문을 닫아 버린 것이겠죠
풍경은 몇 날 며칠 몸부림쳤을 테고
먼지들은 켜켜이 쌓였을 겁니다
들어오지도 나가지도 못하고 틀에 잡혀
직사각의 풍경이 떼어진 것인데
그건 아무도 모르는 창문의 비밀
계절이 바뀔 때마다 풍경의 주연을 꿈꾸던
잠자리도 나비도 무당벌레도
그리고 이 겨울 간신히 줄을 쳐 놓은 거미도
폐쇄된 무대 밑에 소품으로 뒹굴고 있습니다
눈에 불을 켜고 밤을 지새웠을 창은
결막염을 앓고 있고요

아침 햇살에 성에는 녹았지만 눈곱이 잔뜩 끼었습니다

물티슈로 창틀을 닦습니다

바람이 떨구고 간 아우성은 닦아내도 새까맣습니다

열린 틈으로 들어오던 별빛과 벌레들도

미세먼지가 포위한 창 안쪽의 우려와 안주도

문을 닫는 바람에 참수당했습니다

창문은 내다보기 위해 투명할 뿐 들여다보는 걸 용납하지 않아요

틀이라는 건 참 위험천만하죠

틀에 박힌 생각에 치일까 봐

얼른 집을 나왔습니다

광화문 바닥분수

광장 한복판, 혹등고래 한 마리가 누워 있다
대리석 따개비 붙이고 거친 숨 몰아쉬고 있다
폭염에 숨어 있던 시민들 모여든다
저것 봐봐, 오대양 물을 잔뜩 채우고 왔어
타들어 가는 허공에 물줄기를 쏘고 있잖아
신이 난 아이들은 고래 등을 뛰어다니고
철퍽철퍽 물장구를 칠 동안
16차선 도로는 굽이치며 흘러간다
펄펄 끓는 갑옷 속에서
세상 굽어보던 이순신 장군은
살 것 같다 숨통을 트고
바다로 떠나지 못한 광화문을 통째로 실어
출항을 준비한다
컨테이너 빌딩들 선적할 동안
티셔츠 젖은 연인들은 포옹을 하고
넥타이 푼 아빠들은 애 엄마 웃음 따라
물 만난 고기들을 쫓는데
허공도 무지개 걸어 놓고

어스름 땅거미를 기다린다

산호초 남산 위로 물밀어 오는 밤바다

교차로 횡단보도 건너는 정어리 떼 회사원들

광화문은 그제야 물기를 말려 놓고

와이파이 데이터를 켜 세상 얘기에 귀 기울인다

정말? 눈 번쩍 뜨일 때마다 해파리 섬광처럼 별이 뜨
고

쯧쯧 어떡하니, 머리가 한짐 될 때

가로등이 부표처럼 둥둥 뜨고

그 사이 혹등고래 유유히

지난한 하루를 빠져나간다

운천터미널

까치가 햄버거 부스러기를 쪼아 먹고 있는 오후
매표소 바깥 쪽문 밑엔 불개미 떼가 제초제 없는 곳
으로 녹슨 못을 운구하고 있다

입 벌리고 잠든 노점상 얼굴엔 눈물점인가 수박씨인
가 천지간을 몰라 여기요, 찍은 생점인가
(눈살 찌푸리는 걸 보니 파리가 분명하군)

피시방 계단을 내려오던 문신 커플, 어이쿠 저런 담뱃
불 옮기다 발목을 접질렀네

옛날통닭집 통닭들은 종일 돌아도 옛날로 돌아가지
않고

용변 보다 버스 놓친 노인네는 와수리 와수리 애먼
버스만 보채

금일휴업 약국 앞에 스쿠터를 세우고 전화를 거는 다

방 여자 저 칸나꽃 빨간 머리는 어디서부터 염색돼 왔을
까

　포성에 쫓겨 온 새가 아스팔트 길 위에 희멀건 물똥
찍! 지리고 가는

　운천터미널

삼부연폭포

용화산 삼부연폭포 옆에는 귀가 먹먹한 부연사가 비껴 서 있지 오룡굴이 귓구멍으로 뚫려 속이 꽉 막히지는 않고 고개 젖히면 숨통 트인 하늘이 시원하지

쬐간한 그 절간에 이무기 한 마리 백구로 다시 와서 장군이란 보살로 살고 있는데 이따금 메가폰 잡은 가이드가 감히 폭포를 내려다보며 입소문 전하길 승천의 기회 놓친 이무기가 심술을 부려 비를 못 오게 한다는 둥 기우제를 지내야 한다는 둥 용가리 노래방 여의주 뱉어내는 소릴 하는데 그건 세 치 혀가 장군이 송곳니에 씹힐 소리

용화천 따라 거슬러 오르다 보면 그대로 용이 된 이무기인 걸 다만 제 허물 같은 사람 두고 승천 못 해 명성산 아래 큰 소沼 파고 앉아 젖줄 내어 주고 있는 것이야

세상 불볕에 속타 버린 가뭄들아 와서 봐라 한 치 끄떡없이 군민들 목 축여 주고 때 벗겨 주고 끼니때마다 밥물 맞춰 주는 폭포 소리 쫓아가 봐라

쏟아지는 물벼락에 제 아무리 짖어 봐야 개소리 씨도 안 먹히는 걸 아는 장군인 오늘도 종일 엎드려 절간

에 드는 사람들 위아래로 훑어보고

　속사정이야 모르지만 검은 옷이나 모자를 쓰고 가면
기를 쓰고 짖어대니 얼른 삼성각에 삼배 드리고 나와 그
제야 꼬리 흔드는 그에게 합장이나 할 일

　아마도 그가 저승 문턱까지 갔다 왔다는 얼토당토않
은 상상을 하는 나는 바닥에 내동댕이쳐진 물줄기로 부
서져 봤나

　삼부연폭포 아래선 풀벌레도 일절 소리 한번 내질 않
는데 나라고 무슨 넋두리를 애써 내겠나 그저 혼비백산
부서지고 쓸겨 가는 저 잡념들이나 속 시원히 바라볼
뿐

석이石耳

　백담사 가는 길 어디쯤이라 귀띔은 못 해 주겠고 동면에 든 오소리들 귀를 빌려다 붙여 놓은, 바위 몸을 청진聽診하다 두고 간 바람의 귀때기들이 고스란히 바위 귀가 된 곳이 있다

　본시 귀는 두 개면 족하다 할지라도 천년만년 꽉 막힌 시간을 보내 왔으니 몇 개라도 그럴 만하다만 때마침 생겨난 귀가 고작 들어야 할 풍문들이 귀동냥거리라도 될 일인가 싶어

　꽉 막힌 사람을 두고 주변만 좌불안석이지 요지부동 그가 답답할 일은 아니라서 뭘 사서 걱정인가 싶기도 해 신경을 끄려 했었는데

　카르마는 풀기 위해 들어야 할 것들이 있는 법이라니 두 귀로는 부족한가 싶고 답답하기도 했던 터라 다시 이곳으로 오는 길, 세상이 하도 시끄럽고 멀미가 나 귀 밑에 노란 패치까지 붙이고서

　수소문해 보니 어느 할미는 세상을 만들던 여덟 가

28

지 소리들을 가지고 저 바위 속에 들어가 살고 있다 했
다 그 바위가 날갯죽지를 눌러 산이 날아가지 못하는
것이라

　물어물어 찾아간 석문 앞에 일박하면서 늙어 가는
사슴의 눈*을 들여다보며 대청봉 바위가 이곳까지 굴러
온 이야기며 쏘가리가 된 호랑이**가 물속 산맥을 타고
넘는 이야기며 나는 열심히 귀를 모아 두 귀가 노릇노릇
해질 때까지 날밤을 새며 주워 담았다

　먼 하늘에서 보면 한 점 불빛이고 들여다보면 삼라만
상 펼치는 소리가 하도 재미나 다시 돌아갈 구실 삼으려
맨발로 집에 왔지만 차마 발설할 이야기가 아니라서 입
은 열지 못하겠고 궁금하면 직접 가서 찾아보시라

　혹시 아는가, 두고 온 수십 개 귀들이 쓴소리에 약이
되어 있을는지

　그러다 그만 거기서 마애여래입상이라도 현현할 수
있을는지

　　* 고형렬 시, 「어디서 사슴의 눈도 늙어 가나」
　　** 이정훈 시, 「쏘가리, 호랑이」

마장호수 출렁다리

산이 빠져도 구름이 밀반죽을 치대도 잠잠한 마장호
수는
사람들만 출렁거려 어쩌나 싶다가도
이 끝과 저 끝이 서로를 놓지 않고 바라보고 있으니
겨우 안심이 되고
저 끝에서 이 끝으로 다시 시작이라 서로가 미덥지만
출렁다리 제가 후들거리는지 사람들 다리가 후들거
리는지 종일 헷갈려한다
사랑도 출렁이고 애인도 출렁이고 이별까지 출렁여
도
다리가 다리를 가고 있으니 아무려면 어떤가
새파란 것들은 신이 나
좌우 난간 온몸으로 허공을 흔들어대고
허옇게 질린 얼굴들은 간신히 걸음마를 떼는데
돌아가기가 나아가기보다 힘들어
다리 위엔 인산인해를 이루고 있나
정작 다리는 다리가 있어도 제자리걸음이고
다리를 놓고도 건너가지 못하는 평생

나라도 그를 붙들고 출렁거리는 세상을 건너 주어야
겠다

물소리를 따라 걷다

쓸쓸하지는 않습니다 물소리도 한참을 따라 걸어요
흘러오는 것과 흘러가는 것은 어느 지점에서 분간되는
걸까요? 물결의 걸음을 세다 그만 내 발길은 잊고 맙니
다

온몸 스트로처럼 꽂아 세월 마시는 머리 하얀 갈대
무리, 너머에 오리들은 징검돌처럼 묵묵하네요

긴호랑거미가 잠자리를 염하고 있는 가시덤불 지나
공릉천 따라 걷다 보면 어느 벤치에선 고개 숙인 아들
의 어깨에 손을 얹는 가난한 아버지를 만나요

천변 버드나무 발을 친 그늘에선 쪽거울만 한 눈으로
서럽게 울고 있는 외국인 노동자도 보고요, 그 벌게진
눈이 놀로 타는 공릉천을 따라 걷다 보면

푸른 날은 올 것 같지 않은 마른 풀숲에 어미 메뚜기
가 새끼 메뚜기를 등에 업고 떠날 채비를 하고 있습니다
집에 가면 나도 선풍기 날개를 닦아 커버를 씌워 줘야겠
어요 그리고 외투를 벗어 주고 싶은 사람을 만나러 갈래
요

길이 다시 귀를 열고 발자국 소리를 따라 걷습니다
오선지 그으며 쫓아오던 둑길 전봇대들도 수문 넘어 민
통선으로 왜가리를 배웅하고 돌아서 저녁불을 켜러 갑
니다

상선약수

청얼대던 넷째를 업고 마트 가는 아내, 음식물쓰레기
들고 흘기는 눈꼬리 심상치 않아, 모래밭에 놀다 온 탱탱
볼들 욕조 안으로 몰아넣습니다

한참을 기다려도 물이 차질 않는 욕조, 셋째 놈이 마
개를 쥐고 제 오줌 흘려보내고 있습니다
한가득 채워 놔도 덥다 춥다 들락거리는 통에 금세
사라지는 물

아빠 팬티 속에 뭐가 들었어?
양치컵 샴푸통 비눗갑 뚜껑까지 동원된 물세례는 울
음이 되었다 웃음이 되었다 수증기로 피어오르고

오줌도 되고 땟물도 되는 욕조 속엔 다 씻겨 내보내고
찬물 끼얹는 나만 남았습니다

2부
생과 죽음의 디저트

마카롱

뒷산에서 푸른 늑대가 운다

달달한 꿈이
한 달이면 만들어진다

일 년 열두 달 빨주노초파남보
가지각색 입고 오는

생은 죽음의 디저트,

지구는 내일도 태양에 구워지고

수성 금성 목성 화성 토성 명왕성
이것들 누가 주문한 걸까?

평상

하늘을 보아라. 돛대도 삿대도 아니 단 뗏목을 타고 일렁이는 밤물결 부표처럼 떠 있는 별무리 헤쳐 보아라. 스르르 눈꺼풀이 감기면 무릎베개 엄마가 배를 문질러 주고 장딴지 긁는 모깃불 연기 또아리 풀리듯 마당 누비다 승천하는 밤.

평상은 소담히 차려진 한 상, 손등에 올린 공깃돌 같은 식구들, 평상 밖에 사방을 모셔 오면 어둠이 우리를 둘러앉는다.

마땅하고 못마땅한 세상, 손사래 부채질은 붙잡힌 매미 날개 떨듯 분주하고 평상 밑 누렁이가 맨다리 족족 핥아 주는 밤.

살아온 날들로 징검다리를 놓고 까발린 속살까지 벌겋게 익으면 원피스가 시원한 새댁은 한통속의 수박을 쩍쩍 썰어 내온다.

달다달다 하나만 더 먹어라 오줌보 터지겠다, 참다 참다 일 한번 보러 나갈 땐 은하수에 쓸려 간 물물의 신발들 애써 찾지 말고 그냥 맨발로 성큼 나가서 마당귀 한쪽에 물꼬를 터 놓아라. 그 소리 무안하면 평상 밖 어스

름 볼기짝에 수박씨 짓궂게 뱉어 보든가

탁자

강아지가 탁자 밑으로 들어갔다 몇 번이고 끄집어내도 다시 기어들었다 담요까지 깔아 준 제 집 두고 나오질 않아 실랑이 치다 잠든 밤

달짝달짝 빠는 소리가 들려왔다 탁자 밑을 들여다봤다, 거기 인터넷선 탯줄처럼 감고 누워 젖 물린 네발짐승

탁자는 퉁퉁 불은 젖을 먹이러 강아지 꿈속으로 들어갔던 것

밤마다 신기루 같은 시를 찾아 사막을 오갈 때 말라붙은 어미 젖에 허기져 내 발가락이나 핥아댔을 새끼

직립의 인간은 모를 것이다, 네발 달린 것들의 뜨끈한 내통을

탁! 머리를 부딪힌 아이가 기꺼이 방석을 깔아 주고 나오는 탁자 밑, 고개 디밀어 한 번도 올려다본 적 없는

네발짐승의 구원을 본다

골목, 길 없는

WXY는 지워지지 않았는지요?

은주 누난 여직 흘레붙은 개들 앞에 아질아질 서 있
나요?

그 골목 지분을 나눠 가졌던 문패들 안녕하시죠?

깨진 소주병 박아 놓은 담장집은 여전히 우유를 도둑
맞고요?

걷어찬 철대문 벌어진 틈새로 콧등 벌름거리던 과붓
집 리미도 보고 싶네요

여기 골목은 짖지 않는 것들만 삽니다

성대를 제거한 벽들은 볼륨을 낮추고 귀를 열지요

제 집도 수감번호를 눌러야 들어갈 수 있어요

방문객은 벨을 누르고 내가 아님을 증명해야 합니다

길 없는 골목 통로는 오직 엘리베이터, 내려 보내면 올
라오는 역류성 식도염은 만성이지요

충수를 누르면 눈길 피하는 등 뒤에서

'몇 호 양반?' 짐작만 할 뿐

오밤중에 내놓는 종량제봉투는 대낮에도 볕이 들까 버티컬을 치지요

노상방뇨 가위 앞에 버젓이 방뇨했던 지린 담벼락들은 이제 천정이 되고 바닥이 돼 버려서, 바닥이 뛰면 천장이 짖는 구강 구조를 가지게 됐어요
위아래 이빨들은 혀를 씹고 간혹 사이렌이 경광등을 뻔쩍이며 오지요
하늘이 알고 땅이 알던 골목 사정은 CCTV 혼자만 알게 됐고요

오늘도 막다른 집, 사다리 걸쳐 놓고 포장된 주검들이 익스프레스로 하관되고 있어요

계단 학습법

계단은 계단에서 숨을 고르고 있다
자신이 급경사의 다리라는 사실을 모른 채

올라가면 숨차게 기도로 쫓아 들어와
무릎 접고 발바닥으로 나가는

내려가면 다급히 발바닥으로 들어와
무릎 굽혀 기도로 빠져나가는

이것을 그는 단계라고 배우며 살아왔다

자신을 세어 보는 사람에게도
몇 계단씩 뛰어넘는 사람에게도
더덜이 없는 공평을 유지하며 남은 길을 가늠케 하
는
단호한 얼굴

올라가는 중인지 내려가는 중인지 들키지 않으려는

듯
눈 하나 깜짝 않는 무표정의 직각

무수한 발자국에 멍들고 귀가 멀어도
이 꽉 물고 흘러가지 않으려
지나온 길 접고 풀며 시간을 변주하고 있다

눈많은그늘나비*

직벽을 더듬던 더듬이가 자꾸 미끄러졌다

여름은 대체 어디서 기진하였나

* 나비목 뱀눈나빗과. 여름철 그늘진 숲 가장자리에서 주로 활동
한다. 날개에는 다섯 개씩의 검은 눈알 모양의 무늬가 있다.

꽃근이

땅골 곱대띠 사랑방 구석 자리
아무 때나 누가 오든 깎아 주던 고매*
밤새 비상 물고 치통 다스리던 할매 옆에서
살얼음 김치 얹어 먹던 고매
해를 이고 가면 달을 이고 오는 물산 금광
돌가루투성이 고모를 기다리며
정지 밥 짓는 할매 옆에 부지깽이 들고 앉아
눈물 콧물 연금하던 고매
고매순 까다 까매진 열 손가락
부서진 손톱 들여다볼 적마다 문디 같던 고매
논밭 거머쥔 벼뿌리 얼음 위를 지치다 오면
대청마루 텅 빈 쪽거울 아래
스뎅 대접 가득 담겨 있던 찐 고매
고매꽃 한번 못 피워 보고 땅속에 묻힌
꽃근이 고매

* 고구마의 방언. 우리 집안 어린 조카들은 고모를 고매라고 부르
기도 했다.

페이크 삭스

뱀이 양말을 벗어 놓고 갔다
뱀은 양말을 신을 필요가 없다
뽁뽁이 비닐 같은 그것을 불개미 떼가 뜯어 물고 간
다

사족을 어찌지 못해 직립한 나는
벗어 놓은 양말 한쪽을 찾아 아침부터 사방을 훑고
다녔다
구석 틈새 어딘가에 웅크리고 있겠지만
진즉에 짝을 잃었으니

가야 할 길과 가고 싶은 길이 매번 다른 두 발은
짝을 필요로 할 뿐 짝이 돼 주지는 않아
콱 막혔던 속을 까뒤집거나 서로를 목에 삼켜 뭉쳐
놓지 않으면
소리 소문 없이 헤어지는 것들

양말 한쪽 잃어버린 꿈을 해몽했더니

오른쪽 양말은 내가 피우는 바람이고 왼쪽 양말은 상
대가 피우는 바람이라
　속내를 의심할 여지가 충분하다 했지만
　왼쪽이 나인지 내가 오른쪽인지
　그냥 양말로 합의해 버렸다

　어쨌거나 지나온 길을 벗어 놓지 못하고
　숨통이나 터 볼까 번번이 구멍을 내는
　뱀 대가리 같은 엄지발가락이나 들여다보고 사는 것
이다

까닭을 키우다

생각이 모이다, 이 닭은
어렴풋 생각을 들여놓자 머릿속에 들어와 살고 있었
다
하루에도 몇 번씩 이 닭이 낳는 알을 궁굴리다 번번
이 무정란임을 알고 부화를 포기하기 일쑤
에디슨이 품던 알도 이 닭의 것이라서, 뉴턴도 떨어지
는 사과를 몇 날 며칠 모이로 주며 만유인력을 부화시켰
다 하니, 나라고 소식 한번 안 주겠나
어느 날은 골머리 아프게 쪼아대던 이 닭이 가슴 복
판을 울리며, 왜 사니? 묻는 부리에 귀를 갖다 대다 말귀
를 물려 버린 적이 있었다
후로 이 닭이 소리쳐 불러도 예의주시 동태만 살필
뿐, 그러면 물음표 같은 대가리가 허공을 쪼아대며 활개
를 쳐댔다

지하철, 마주 앉은 사람들을 본다
머릿속 횃대에 올라앉은 닭들이 까닥까닥 졸고 있다

박스

명절잘쇠셨는가인사치레들재활용쓰레기장에산더미
영광굴비충주사과산청곶감낙원떡집각처에서상경한
처신들이간이고쓸개고다내주고빈털터리봉했던입까
지다털리고이력도스팩도소용을다했으니응당치워질
것헌신은헌신짝처럼버려지고빈속은지탱할힘도없어
기립한뼈대각잡던관절도밑구멍터버리니한생이납작

방충망

눈에 불을 켜고 돌진하던 머리가
망 사이에 끼었다
잠입은 몸부림치다 동터 오는 창문 틀 아래 바스라진
다

수평과 수직의 네트워크,
포만을 모르는 무수한 입은 식도도 위장도 없다
날벌레들은 이 사실을 까맣게 모른다
잠시 로그아웃, 윈도우 젖혀 숨 돌릴 때조차 모니터
를 호위하는 방충망

먼지옷 뜯기며 들어오는 바람
찢기고 늘어나 덧대어진 네트,
메일을 걸러내는 관계망

다시 로그인, 창밖에서 창 안을 들여다본다
쌓여 있는 스팸들
전체삭제 하고 휴지통을 비운다

텅 빈 내 안에 갇힌 나

방충망을 떼어낸다
욕조에 탈탈 밤하늘을 턴다
펄펄 먼지가 피어오르고 깨진 별들이 떨어진다

창문 활짝,
불어오는 저녁 바람
밤하늘을 내다보는 지구의 눈동자
촘촘하게 그어진 위도와 경도, 그 네트 위에
불빛 몇 개 깔아 두고
창문을 닫는다

경의중앙선에게 묻다

전철도 유턴을 하나요? 도대체 머리는 어떻게 돌리는 걸까요?

문산에서 내가 용문행 전철을 탔으므로 덕소에서 기다리다 꼬리 쪽에 탑승한 그녀의 물음은 적절했습니다

양수역에 내린 우리는 버드나무 꽃가루가 바람의 페달을 밟고 가는 두물머리까지 걸었습니다

한 번도 의지대로 가 본 곳이 없어요 끌려만 다닌 거죠 그리운 것들은 왜 스쳐만 갈까요?

대답은 위로가 아니어서 속엣말로 쌓이고 해 질 녘이 돼서야 뜨거워졌지만 와이퍼처럼 흔드는 두 손만 차창에 담아 갔습니다

3부

캄캄하게 나를 걸었다

그릇

  늦되는 자식이 안쓰러워 어머니는 날 대기만성大器晚
成이라 했다

  동생과 다툴 때면 큰 그릇이 작은 그릇을 품어야 할
것 아니냐 하시던 아버지

  변변치 못한 형편에 겨우 추렴을 했는데도 친구들은
그릇이 작다 수군거렸다

  제 밥그릇도 못 챙기면서

  기일이면 철석같이 숟가락을 꽂는 나는 평생 그릇 되
었다

와불蛙佛

애야, 너는 탯줄을 목에 감고 나왔단다, 분명 수천 개
의 염주알 중 유일무이 성불한 미륵인 게야, 족보로 치
자면 금와왕의 후손쯤이 아니겠나

그렇담 개구리알? 개구리알이라뇨, 난 반딧불이알이
에요, 지긋한 어둠 떨치고 우러른 곳마다 별처럼 빛날

뾰족한 몸부림이 알을 찢고 나오자 나는 머리만 커져
있는 올챙이였다

올챙이라뇨, 난 물고기예요, 헤엄쳐 강으로 갈 거예
요, 하구를 빠져나가 밀물이 가져오는 저 망망대해 꿈
을 펼칠 거예요, 아버지하곤 달라요

썰물이 가져간 꿈을 쫓다 뒷다리가 생겨났다

석쇠에 올려진 뒷다리, 굵은 소금 흩뿌려지는 당외부
지옥이 될지라도 우물 안 개구리로 살지 않을 거예요,
그래요, 악어가 될 거예요, 세상을 다 물어뜯을 거예요

밤마다 이빨을 갈았지만 빨대 입, 잇몸조차 생겨나지
않는, 펄쩍펄쩍 뛰기만 했지 강아지풀도 물리칠 줄 몰랐
던 아버지, 벽보대좌 무릎 모으고 앉아 화두만 물고 있
는 입 큰 묵언의 뒷등만 바라보다 앞다리가 생겨나는 줄

도 몰랐다. 불볕 같은 가위에 눌릴 때마다 꼬리 끊고 달아나는 도마뱀의 꿈만 꾸면서

　의문의 꼬리가 사라진 어느 날, 나는 심장 벌렁거릴 때마다 온몸 들썩이며 사방을 경계하는 부릅뜬 개구리, 아버지처럼 되기 싫은 아버지, 장좌불와 우물을 지키는 개구리

　그해 겨울 동안거에 들었다, 화들짝 깨니 경칩이었다, 당신께선 탯줄을 목에 걸고 오셨다, 수천의 염주알 중 유일무이 성불한 아버지

　다비식을 치르니 웅덩이에 하늘이 생기고 구름 사이로 수천수백 과의 사리가 보였다, 비가 내리면 못논에 삼존불이 어리고 밤새 천수경이 울려 퍼지는

손가락을 위로하다

내 손가락이 가장 행복해하는 일은
시집의 책장을 넘기는 일, 그건
탈지면 같은 구름 뜯어다
짓무른 상처를 닦아내는 일
돈 세는 호강이야 못 누려 보지만
돈독 오를 일 없으니 안심이야

손가락은 밤마다 푸른 대숲에 들지
끝내 속이 비워지질 않고
세 치 아래 성장판까지 닫혀
웃자라지 못한 채 깨곤 하지

꿈결 파문 그치지 않는 그 손가락으로
생마늘을 까고 멸치 똥을 빼고
풀풀 냄새 가실 날 없네

어제는 사라진 지문 확인시켜 가며
동사무소 인감증명 떼랴

은행대출 붉은 지장 날인하랴
애를 썼지

내게 제일 먼저 숫자 세는 법을 가르쳐 준,
가위바위보 승패를 가장 먼저 겪게 한
그 손가락에 반지 한번 껴 준 일 없이
깍지 끼고 달래며 살아왔네

내가 해 줄 수 있는 일이란 고작
깨물면 아픈 열 손가락
합장으로 기도해 주는 것

그리고 인터넷뉴스 앞에 앉아
북미 핵전쟁을 우려하며
삐져나온 코털이나 뽑아 달라는 것

달력

몽롱한 이불 속으로 들어오던 비키니
혼자 있는 날은 캄캄해 그녀 눈빛을 아버지 소주잔
에 따라 마셨다
천장과 바닥과 벽을 큐브로 돌려대도 맞춰지질 않는
흐트러지지 않고 끝까지 예쁜 그녀를 녹슨 못대가리
가 붙들고 있었다
악몽을 긁어대면 군데군데 날짜들의 피가 터지고
창밖에선 주소 잃은 벌레가 도난당한 시간을 울고 갔
다

속살 검은 아라비아 숫자들을 따라가는 낙타
신기루 같은 그녀가 코코넛을 건네야 오늘을 건넜지
만
한 달이 지나면 떠나갔다 그녀는,
간혹 날짜를 잊어 이삼일 더 붙잡혀 있기도 했지만
다시 또 새로운 애인이 왔다

페이지 열두 장을 다시 건다

내 자리는 어디인가요

　중앙에 앉으면 부담스러워. 창문 없는 안쪽은 숨이
막히고. 부음을 받고 부산행 케이티엑스 역방향 좌석에
앉아 간 적이 있지. 돌릴 수 있다고? 돌릴 수 없는 상황도
있거든. 죽음을 찾아가는 삶은 장장 세 시간 어지럼 이
는 일. 마주 보는 지하철 좌석은 어떻고. 눈이 눈을 피할
수 있는 최선은 눈을 감는 것뿐. 소문난 장어 맛집 대기
줄에 서면 토막 날까 조마조마. 맨 앞자리 천만 관객 영
화를 관람할 땐 스크린에 압사당할 것 같았어. 빈자리
측면 끝에 자릴 옮겨 보았더니 밀려난 패배감이 들더군.
도대체 내 자리는 어디가 적당할까? 마주 앉은 소개팅
도 마주 보지 못하고 맞선도 맞서 보지 못해서 화장실
만 들락거렸지. 훌쩍 떠나면 터미널 대합실 의자들까지
배낭 멘 나를 이방인 처다보듯 했고. 막차가 종점까지
가닿도록 꿈에서도 자리를 잡지 못해 계속 서 있어. 새
들도 한 가지에서 3초 이상 앉아 있질 않더군. 나는 평생
자리를 찾는 허공인지 몰라

경로를 이탈하였습니다

기림의 흰나비*는 바다까지 가는 바람에 아직도 살
아 있다
텃밭 이랑에서 땅강아지 잡다 배추흰나비를 따라갔
던 아이도 고치 속에 들어가 시를 쓰고 있고

아이엠에프 때는 대남 방송이 풀벌레 소리까지 잡아
먹는 민통선 농가를 얻어 참게 잡고 살았다
임진강 수문 철조망을 넘나드는 그놈들은 달이 뜨면
사선으로 포복하여 죄다 월북해 버렸다

가면 길이라고 누가 그랬나?
내가 가는 길은 창공에 끊긴 연줄이거나 흐르다 익
사하고 마는 물길
남이 일러 준 길은 이미 옛길이었고, 그 길마저 잃고
멈추었던 것

십자인대가 끊어진 후 소식까지 끊은 친구가 새 길
찾았다며 전도하러 오려는 걸 먼 길 나와 있다 둘러댄

다

경로를 재탐색합니다

아비는 닮지 마라던 아비가 돼 있는 아들이, 자퇴서
내고 교문 나서는 아들을 뒤따라간다
이제 아들과 아들은 이 도로에서 로드킬을 당하거나
저지를지도 모른다

내비게이션을 끈다

새들이 잎맥의 지도를 살피고 있는
캄캄한 대낮

*김기림 시,「바다와 나비」

0

0을 낳기 위해 새는 둥지를 만들지
개구리도 물고기도 물결을 잘라 틈새에 0을 낳지
0은 태아야

오늘 저녁엔 100℃에서 적나라한 0의 실체를 보았어
냄비 속에서 0들이 터지며 피어올랐지

브라마굽타가 나눠 준 0을 낙타 등에 싣고 가던 아라
비아 상인들
태양에 녹아 버린 0들이 기형의 숫자가 되었을까
123456789
그 숫자의 조난기로 양력을 만들었을까

알고 보면 거품

벽에 걸린 채 타 죽은 숫자들
중환자실에 남은 0을 목격한 후 숫자에 목매지 않기
로 했지

부채증명서가 부고장처럼 보여도
양치 후 한 모금 털어 넣고

아―에―이―오―우―

퉤!

옷걸이

속없는 어깨뼈가
묻는다

너도 옷걸이?

누구일 수 없는 옷걸이가
주섬주섬 옷을 걸치고
옷장 봉에 물음을 걸었다

수족이 없으니
손조차 벌릴 수 없는
해답을 찾으러 발품도 팔 수 없는

컴컴하고 밀폐된 장롱 안에서
나프탈렌 냄새에 취해
종일 나를 기다린다

월 화 수 목 금 토 일,

생활이 옷을 걸치기 위해
물음이 줄줄 꿰어 있는 옷장을 연다

물음은 두고 옷만 벗긴다

물음만 있고 답은 없는
옷걸이들이
건네받은 옷을

입었다
벗었다

다시 캄캄하게 나를 걸었다

나도 지우개

개를 한 마리 샀어

이 개는 내가 쓴 걸 지우고
못 쓴 날 대필하는 거야

비굴을 지우고 덥석, 굴비를
아부를 지우고 으르렁, 부아를
정치를 지우고 헉헉, 치정을

지울 게 없을 때까지 온몸 문지르는 거지
암만 봐도 버둥거릴 사지나 흔들 꼬리는 보이지 않고
그저 말랑말랑,

끝까지 닳아 없어진 그를 본 적 없는 난
과거는 지워 버리는 게 아니라
잃어버리는 거라 착각했던 걸까

혀가 닳도록 슬픔을 핥아 주던 백구가 보고 싶어

하얗게 지워졌던 백구

아직도 책상 서랍 여기저기엔 유기된 개들이 있지

방아깨비

오수에 눈 떠 보니 방아깨비네 대체 나는 어디로 갔나? 펄쩍펄쩍 출렁출렁 풀들도 정신없었네 밤새 갈구하는 마른 목을 끝별들이 눈물로 축여 주었네 방울방울 비치는 이른 아침 제 얼굴에 깜짝 놀라 다시 풀쩍 뛰었네 풀잎 끝에 맺혀 있던 둥근 허상들 산산이 깨져 버렸네 꺾인 풀 허리춤 잡던 어미 등에 간신히 업혀 있던 새끼 깨비도 흔들리는 땅에 떨어져 버렸네 눈 떠 보니 예초기에 잘려 나간 풀들이었네 오늘 하루도 창공으로 날아갔다 핏빛 놀에 땅거미 몰고 오는 슬픈 초록의 시간 자라나는 무덤의 모발 상석 위에 달빛을 얹고 석주 위에 올라 먼 산 바라보는 긴 다리 무릎 접은 방아깨비야

냉장고

가장은 춥다 저체온증이야 운명이라 감내했던 일, 가
슴 두 쪽 빙점으로 갈라 냉동과 냉장을 들였다 심장도
얼리고 오장육부 칸칸 다 채워 차가운 이마를 열면 이
십사 구 얼음틀 아득바득 갈아 온 결빙의 치아가 잇몸
까지 얼렸다

웅—웅— 한 마리 북극곰 밤새 애끓던 그리움 둘 곳
몰라 펄펄 열이 나도 속은 절대 상하지 않으리라 성에
낀 빙벽에 자기를 가뒀다 열었다 닫았다 뻔질나게 드나
드는 식구들의 방문, 그 속셈이야 모른 척 속 다 내주는
게 가장의 본분,

언젠가 수명 다하고 코드째 뽑혀 허름한 중고가게 문
밖에 내쳐지더라도 비 맞고 햇빛 맞고 해동된 기억들 죄
다 상해 버릴지라도 평생 식구들 배 안 곯게, 이만하면
잘 살았지

오십

반백이라고 하면 머리가 하얗게 센 듯하다
오십이라고 하니 반 토막 같다
다시, 반세기! 되뇌어 보니
나도 역사의 한 페이지 같다가
쉰이라고 하니까 쉰내가 난다
지천명은 무슨, 하늘의 뜻을 알 리 있겠는가
나도 모르는데
나는 나를 가두어 온 나이테였다
간신히 뿌리내렸고
갈 길 몰라 가지에 가지를 쳤고
궤변만 무성한 잎으로 피워내다
낯 붉히며 지고 말았다
몇 번의 대통령을 뽑았고
몇 번의 붕괴에도 용케 살았지만
비명에 먼저 간 형제들 있어
울음은 기억만 남기고 증발해 버렸다
그러나 여직 오십을 돌보는 일흔여섯이
그늘도 없는 텃밭에 쪼그려 앉아

열무 솎아내고 있으니
눈꼬리가 습해 온다
나는 나를 결심하지 않기로 한다

4부
살룽살룽 죽은 별의 소리가 났다

크로키, 1979년 겨울

달력 뭉치 틀어막은 구멍을 열고 숨 꾹, 불구멍 맞출
때마다 연탄은 암탉 위에 올라타는 수탉처럼 눈에 불을
켜고 후끈거렸다 나는 그 냄새가 싫었다

가끔 홀레붙은 둘을 떼 놓으려 엄마는 부엌칼을 끼우
고 집게 쥔 손을 괘종시계 추처럼 흔들, 부엌 턱 모서리
에 툭! 치면 군말 없이 아랫놈은 떨어졌다

한참을 불붙다 퇴물이 되면 짝을 갈아 치우는 연탄
노름에 날 새는 줄 모르던 미자 아버지는 요물이라고 걷
어찼지만 그 불에 쫀드기를 구워 먹던 고양이 같은 미
자를 연탄은 영영 재워 버렸다

펄펄 재 떨어지는 밤이었다

장화였다

상목 아재의 맨발을 나는 본 적이 없다

올라와 수박 한 쪽 먹고 가, 몇 번의 아버지 청에도

꼴이 이래서, 수박 한 쪽 그냥 들고 가셨다

돼지 멱을 딸 때도 장화를 신고 있었고

동튼 후 물꼬 트고 오는 것도 장화였다

장날 면사무소 앞뜰에 늙은 염소를 묶어 놓고 토지

대장을 떼는 것도

상여를 메고, 떼 심은 봉분을 밟아 주는 것도 장화였

다

전세버스 꽃구경 갈 때도

장화는 혼자 마을에 남아 절벅거렸다

진작 마누라 속 파먹지나 말 일이지

여자들은 수군거렸다

나는 그의 발이 떠날까 봐 장화가 잡아 두고 있는 거

라고 생각했다

장화의 키는 껑충 그의 무릎 위까지 올라왔다

해 질 녘 비틀거리며 걸어오는 외톨이 실루엣

장화는 그의 생을 간신히 받치고 있는 까만 주춧돌

형제도 없고 자식도 없고 배신할 여자도 없는
오직 한 짝의 장화
그가 감추고 있는 장화 속 족적을 도무지 알 길이 없
었지만
에휴 불쌍한 사람, 아버지는 말했다
다 떨어진 감꽃은 잊었지만
보이지 않는 그를 아무도 보려 하지 않던 장마 끝

장화다!

가림못에 떠 있는 그를 외지 낚시꾼이 발견했다
제 속에 물을 흠뻑 담고서도 끝내 그를 벗지 않는

유대류

겨울 들머리에 사 드려야 할 장갑을
생신 빌미로 소한 넘겨 드렸다

한두 푼 든 게 아니라고 명품 브랜드 캥거루라고
생색내며 가죽 로션까지 드렸는데

아버지는 캥거루를 품에 넣고
볼록한 잠바로 귀가하셨다

종일 못 뽑고 사포질하고
페인트칠하는 두 손 감싸 주는 건
떨어진 단풍잎 같은 목장갑뿐

캥거루가 틀까 봐
로션 함북 광을 내시던 튼 손과
캥거루가 얼까 봐
품에 꼭 넣어 두시던 언 손이

틀어진 장롱 주저앉은 서랍 속에
합장으로 포개져 있다

홍제천
—1999년 태풍 올가

다리 난간
범람하는 물
포대기 멘 새댁

둥실둥실 LPG 통
허리 숙여 낚아챌 때
물길도 쑤욱
아기를 끌어갔다

두 쪽 다 영문을 몰랐다

벽화

오빠를 고파라고 불렀지 깨트린 연탄 쥐고 사방 벽마
다 잔칫상 그려내던 누이
　연탄 한 장 값도 못 되는 그림 그리자고 피 같은 연탄
깨트렸느냐 땅거미 오면 눈앞이 캄캄하게 맞았지

　고파는 4B연필을 훔쳐 주었지 창백한 도화지도 훔쳐
주었지 세상 풍경까지 훔치다 갇힌 교도소, 담벼락에

　누이는 나무를 그렸지 꽃을 그렸지 새도 그리고 구름
도 그렸지 비바람에 씻겨 가면 낙엽을 그리고 별을 그렸
지
　두 손가락 다 꼽은 봄, 아질아질 쪽문 그려 놓고 영영
들어가 버렸지

　꽃 지고 새 가고 나무만 남은 겨울
　쏟아붓던 폭설 멎자 문이 열렸지
　한참을 두리번거리는 고파, 담벼락 나뭇가지가 눈덩
이 한 모 내밀고 있었지

이브, 폭설

눈밭은 내장이 터져 피밭입니다
고꾸라진 오토바이 사지는 뒤틀렸고요
가드레일 밖에서 눈이불을 덮고 있는 산타입니까
중앙분리대 파편 속에 캐럴 벨이 울려 퍼지고
레커차는 모두 루돌프를 쫓아갔습니다
개당 20원짜리 신년 다이어리 커버를 끼우는 기다림
은 산만큼 쌓이고
잠든 남매 머리맡엔 등산양말 한 짝이 누워 있습니
다

보리차 주전자가 김을 식히고 있습니다

옷핀

국민학교 입학식 날, 가슴팍 손수건을 물고 파닥거리던 물고기가 있었지

깻잎 같은 누나와 아슬아슬 침 발라 달고나 별까지 따다 주던 살점 없는 물고기

고무줄 묶어 허리도 한 바퀴 휘돌아 오고

인력시장 나가시던 허름한 잠바 위에 밥풀 바른 색종이 카네이션을 달아 주던

하얗게 질린 급체를 따 손톱 밑에 까마중도 열리게 했던

은빛 물고기, 먼 길 꿰어 와 내 외투 안주머니에 살고 있지

소스라치는 세상의 정전기 순식간 달아나게 해 주는

요강

　머리맡에 강을 두고 잠들었어 꿈은 마르지 않고 촉촉
하였지

　눈 비비면 수돗가 햇살도 부시고 요강도 부시고
　콩나물해장국이 펄펄 끓을 동안 간밤의 숙취도 매
맞은 종아리도 부시고 나면
　깨끔한 모란꽃 낯짝에는 나비까지 날아들어 아침이
팔랑거렸어

　가르침도 배운 바도 없이 합장만 아니다 뿐 무릎을
꿇고
　비몽사몽 참다 못한 물꼬를 트고 나면
　그제야 잠투세들은 더없이 단잠인 서야

　캄캄할수록 밝아지는 요강, 감은 눈 떠지질 않는 동
생들에게
　고것의 코가 되거나 지린 소나기를 맞기도 했지만
　한참이나 고요해서 눈을 뜬 한밤중에는 달빛까지 들

어와

  어머니 궁둥이를 양파처럼 눈부시게 까 주기도 하였
지

  아버지의 장강長江 위로 누이와 형 아우 샛강이 시리
게 휘도는
  집안의 아라리 머리맡에 두고서

알전구 심부름

픽!
불이 나갔다
어둑어둑 저녁이 오자 진공 속 사슬을 끊고 뛰쳐나갔
다

엄마는 알을 꺼내 두어 번 귀에 흔들어 보고 건네셨
다
살릉살릉 죽은 별의 소리가 났다

빤히 보이는 안팎에서
점등과 소등의 줄탁이 있었고,
부화가 되자마자 어둠 속으로 날아간 새

심부름을 간다
예쁘다의상실 모퉁이를 돌아 동산약방을 지나
세제 냄새 흘러가는 개천 다리 건너
별자리를 이어 가면
밤하늘에 필라멘트가 반짝거렸다

나는 탁란이었을까?

재순이 엄마는 선반 끄트머리
골판지에 싸여 있는 알전구를 꺼내
그 고요를 내 귀에도 확인시켰다
번쩍! 소켓에서
전구가 나를 봤다
캄캄한 의심이 환하게 사라졌다

세상은 알전구 삼키려 돌부리 내미는 먹구렁이 길
허공에 알 하나 받쳐 들고 돌아오는 새
엄마는 캄캄하게 늙어 버렸다

대설

밤하늘 뚫고 어룽어룽 손등만 한 눈이 내렸어

곱은 발 참새들은 댓가지 베개 삼아 다붓이 잠들었
지

하얀 쌀독에 묶음으로 향을 꽂은 대숲

방앗간집 그 애는 제 오빠 참새 잡이 구실로 쫓아 나
오고 종일 거울만 들여다보던 고모도 나 앞세워 발목
푹푹 빠지며 들어간 설국

솟구쳐 오를 한 점 허공도 없는 빽빽한 대[竹]를 흔들
면 비몽사몽 떨어지는 참새들 뜨끈뜨끈 숨결들

바람 마디마디 나부끼던 그 애 오빠와 댓잎과 댓잎
어디쯤에서 고모는 지워졌을까

자꾸만 대를 흔들어 퍼붓는 눈발로 달아오른 낯을
식히고 포대 속엔 두근대는 참새들

그때 우린 지상에서 열일곱 마디, 갇힌 숨소리 어느
대통에 숨어 꽃 피우고 있을까

동파

수도가 동사했다
기도와 혈관이 꽝꽝 막혔다
레일 같은 뼈마디 차가운 목덜미에 물을 끓여 부어
본다

숨소리가 들리지 않는다
마지막 토해낸 숨이었을까?
한 마리 빙어가 수도꼭지 아구에 매달려 있다

꼬리에 꼬리를 물다 밸브를 잠그면 꼬리가 되는 아구
스스스
칼바람에 갈라져 터져 버린 목줄기
늘어진 티셔츠나 긴 발목 양말이라도 둘러 줄걸

드라이기 열을 쏘여도 기척이 없어
부탄가스 토치로 가열시킨다
쿨럭, 하얀 기침을 쏟아내자 숨이 트인다
목숨줄은 물줄기였구나

꼬리만 끊지 않으면 언제든 살아남는

수도의 집
밸브를 닫고
한참 쏟아낼 말을 생각하는 그의 목에
올 풀린 스웨터를 감아 주었다

똥살개

육성회비도 못 낸 놈이 뒤가 급하다 손 들 수도 없는
노릇

움켜쥔 뱃병이 터져 버린 1교시, 하춘화처럼 눈이 큰
선생님은 코 틀어쥐며 교무실로 내빼고 민방위훈련인
양 우르르 복도로 빠져나간 아이들은 교실 안을 구경하
고, 근엄하신 각하 옆 스피커에선 이학년 칠반 김태희
어린이가 바지에 똥 쌌으니 오학년 이반 김진희 어린이
는 얼른 오라 연속 두 번이나 전교 방송을 하고

옆 반 아이들까지 똥살개 똥살개, 그 똥살개 목줄 잡
고 엄마는 아침마다 교문 앞에서 실랑이하고

그 시절 다시 온다면 똥살개는 일부러 뱃병이 도져
교실이고 교무실이고 교탁이건 교문이건 각하 사진 옆
스피커에까지 설사똥을 우레로 싸지르고 말 거다 왈왈
왈

호흡을 기록하고 육성을 기억하는 시

김준현(시인·문학평론가)

1. 호흡

지난 세기 내가 본 시 중 민중–공동체의 호흡을 기록하는 가장 아름다운 방식 중 하나를 제시한 작품은 최두석 시인의 「성에꽃」이었다. 잠에서 막 깨어난 존재가 제 호흡을 인지하기 시작하는 시간–새벽이 육체의 열熱을 희고 여린 형태로 버스 내부에 가득 채운다는 것. 아직 채 가시지 않은 외부의 어둠을 막는 가장 얇고 여린 막으로서, 아직 아무것도 쓰이지 않은 종이와 동일한 기능을 수행하고 있는 '성에꽃'에서, 우리는 태어나서 죽을 때까지 반복되는 이 호흡의 성질이 저마다 다르다는 것–저마다 다른 의미를 발생시킨다는 사실을 알 수 있다. 갓 테어닌 아기가 쌕쌕 쉬기 시작하는 숨, 사랑하는 사람을 만나러 달려가는 사람의 벅찬 숨, 물속에 깊이 들어간 해녀가 조금씩 아껴가면서 쉬고 있는 숨, 고흐의 '해바라기' 앞에서 가만히 몰아쉬는 숨, 임종 직전의 얼마 남지 않은 숨.

그리고 다시 이 책에서, 나는 오랜만에 삶을 견뎌내

고 살아내야 하는 존재 하나하나에 가닿는 시선과, 세
계에 온몸으로 육박하듯 내뱉는 호흡—숨소리를 듣는
다.

광장 한복판, 흑등고래 한 마리가 누워 있다
대리석 따개비 붙이고 거친 숨 몰아쉬고 있다
폭염에 숨어 있던 시민들 모여든다
저것 봐봐, 오대양 물을 잔뜩 채우고 왔어
타들어 가는 허공에 물줄기를 쏘고 있잖아
신이 난 아이들은 고래 등을 뛰어다니고
철썩철썩 물장구를 칠 동안
16차선 도로는 굽이치며 흘러간다
펄펄 끓는 갑옷 속에서
세상 굽어보던 이순신 장군은
살 것 같다 숨통을 트고
바다로 떠나지 못한 광화문을 통째로 실어
출항을 준비한다
컨테이너 빌딩들 선적할 동안
티셔츠 젖은 연인들은 포옹을 하고
넥타이 푼 아빠들은 애 엄마 웃음 따라
물 만난 고기들을 쫓는데
허공도 무지개 걸어 놓고

어스름 땅거미를 기다린다

산호초 남산 위로 물밀어 오는 밤바다

교차로 횡단보도 건너는 정어리 떼 회사원들

광화문은 그제야 물기를 말려 놓고

와이파이 데이터를 켜 세상 얘기에 귀 기울인다

정말? 눈 번쩍 뜨일 때마다 해파리 섬광처럼 별이 뜨고

쯧쯧 어떡하니, 머리가 한짐 될 때

가로등이 부표처럼 둥둥 뜨고

그사이 흑등고래 유유히

지난한 하루를 빠져나간다

—「광화문 바닥분수」전문

    도심 한복판에서 치솟는 이 명백한 호흡의 표상은, 아주 예외적인 지점-흑등고래의 이미지로부터 튀어나온다. 호소다 마모루의 영화 〈괴물의 아이〉에는 허먼 멜빌의 소설 『모비딕』으로부터 영감을 얻은 '고래'가 도심 한복판에 등장해 현실을 전복시키려 든다. 다만 영화에서는 그 상상력이, 인정받지 못한 한 청소년-인간도 괴물도 될 수 없는 한 존재의 감정을 토대로 작동하는 거라면, 이 작품에 등장하는 세계의 해체는 보다 더 아름다운 형태로의 재구성을 목적으로 한 시인의 기획에 가깝다. 참고 참았던 호흡이 꽉 차 있는

내부의 "물"을 밀어내는 방식으로, 바닥의 존재인 혹등고래가 획득한 높이에 개연성을 더하는 것은 "세상 굽어보던 이순신 장군"의 이미지다. 쾌적한 냉방 시스템을 갖춘 건물 안의 사람들만이 "폭염"이 지닌 폭력적-일상으로부터 안전한 현실에서, "이순신 장군"은 모두와 함께 땡볕을 견디고 서 있는 존재다. 같은 맥락에서 "광화문"은 모든 개인이 평등하게 자기 목소리를 낼 수 있는 광장으로서 모두에게 열린 공간이다. 그 '열림'이 긍정적인 방식으로 발현되는 것이 바로 '바닥분수': 세상 밖으로 확 트인 숨소리. 육지를 바다로 전이하여 창출한 이 세계관의 내부에서 시인이 열거하는 모든 대상은 전혀 다른 호흡법으로 재구성된다. "신이 난 아이들은 고래 등을 뛰어다니고" "티셔츠 젖은 연인들은 포옹을 하"는, 역동적이고 벅찬 호흡의 비현실이 지친 현실을 압도하는 장면은 얼마나 아름다운지. 참았던 호흡을 내쉬듯 쏟아낸 이 작품으로부터 출발해 펼쳐지는 김백형 시인의 시들에 기대어, 이번 세기를 살고 있는 사람들의 아름다운 호흡-기록법에 대한 부족한 단상을 좀 더 써 본다.

2. 육성

쓸쓸하지는 않습니다 물소리도 한참을 따라 걸어요
흘러오는 것과 흘러가는 것은 어느 지점에서 분간되는 걸
까요? 물결의 걸음을 세다 그만 내 발길은 잊고 맙니다

온몸 스트로처럼 꽂아 세월 마시는 머리 하얀 갈대 무
리, 너머에 오리들은 징검돌처럼 묵묵하네요

긴호랑거미가 잠자리를 염하고 있는 가시덤불 지나 공
릉천 따라 걷다 보면 어느 벤치에선 고개 숙인 아들의 어
깨에 손을 얹는 가난한 아버지를 만나요

천변 버드나무 발을 친 그늘에선 쪽거울만 한 눈으로
서럽게 울고 있는 외국인 노동자도 보고요, 그 벌게진 눈
이 놀로 타는 공릉천을 따라 걷다 보면

　　　　　　　　　　　　　　　—「물소리를 따라 걷다」 부분

"흘러오는 것과 흘러가는 것은 어느 지점에서 분간
되는 걸까요? 물결의 걸음을 세다 그만 내 발길은 잊"
는 화자의 목소리에서 우리는 오랜만에 어느 아름답
고 익숙한 카운트-별의 계산법을 마주하게 된다. "별
하나에 추억과 별 하나에 사랑과 별 하나에 쓸쓸함과
별 하나에 동경과 별 하나에 시와 별 하나에 어머니,
어머니 (중략) 패, 경, 옥 이런 이국 소녀들의 이름과"

(윤동주, 「별 헤는 밤」) 이 모든 존재들을 다 못 "헤는" 것을 알면서도, 측량-계량이 불가능한 세계의 아름다움을 붙잡고자 한 사람의 마음이, "자신을 세어 보는 사람에게도/몇 계단씩 뛰어넘는 사람에게도/더덜이 없는 공평을 유지하며 남은 길을 가늠케 하는/단호한 얼굴"(「계단 학습법」)을 하게 만든다는 것. 여기 "물결의 걸음"을 세는 사람의 마음까지 흐른다는 것. "흘러오는 것과 흘러가는 것"의 차이를 묻는 질문은 시 안에서 호흡과 동일하게 일견 무형無刑-무용無用으로 가닿는 것들을 헤아리고자 하는 애정이다. "긴호랑거미가 잠자리를 염하"는 장면과 "고개 숙인 아들의 어깨에 손을 얹는 가난한 아버지"와 "쪽거울만 한 눈으로 서럽게 울고 있는 외국인 노동자"와 같은 이들을, 헤아리고 헤아려도 다 담을 수 없는 사람들의 감정과 그 감정과 연결되어 있는 화자의 감정을 잇는다. 처음 별과 별을 이어 별자리를 구성한 사람처럼, 시인은 아주 멀리 떨어져 있는 대상의 빛을 발견하고 이어 붙이는 힘을 동력으로 시를 전개해 나간다.

평범한 산책길에서 마주한 이 많은 사람들을 사랑의 시선으로 이은 화자는 "외투를 벗어 주고 싶은 사람을 만나러 갈래요" 고백한다. 오해를 방지하기 위해 말하자면 이 감정의 근원은 동정도 연민도 아닌 '나'

의 일부를 거리낌 없이 내어 줄 수 있는 환대의 태도라는 것—그런 의미에서 흔히 소수자를 대상화하는 순간 발생하게 마련인 위계와 차별, 선민의식으로부터 자유롭기 쉽지 않은 화자의 자리가 이 시집에서는 대상과 동일한 높이에 있다는 것이 중요하다. 그렇다고 해서 이 말하기가 익숙한 자기—연민 혹은 자기—변호의 맥락으로 소급되는 것은 아니다.

눈에 불을 켜고 돌진하던 머리가
망 사이에 끼었다
잠입은 몸부림치다 동터 오는 창문 틀 아래 바스라진
다

수평과 수직의 네트워크,
포만을 모르는 무수한 입은 식도도 위장도 없다
날벌레들은 이 사실을 까맣게 모른다
잠시 로그아웃, 윈도우 젖혀 숨 돌릴 때조차 모니터를
호위하는 방충망

먼지옷 뜯기며 들어오는 바람
찢기고 늘어나 덧대어진 네트,
메일을 걸러내는 관계망

다시 로그인, 창밖에서 창 안을 들여다본다
쌓여 있는 스팸들
전체삭제 하고 휴지통을 비운다

텅 빈 내 안에 갇힌 나

방충망을 떼어낸다
욕조에 탈탈 밤하늘을 턴다
펄펄 먼지가 피어오르고 깨진 별들이 떨어진다

                      —「방충망」 부분

    의인화는 인간 중심의 말하기라기보다는, 오히려 인간이 아닌 모든 존재에 대해 인간을 대하듯 다가가고자 하는 태도의 말하기에 가까운 것이다. 그 점에서 "방충망"은 생명과 생명 사이에 위계—질서를 부여하는 경계다. 모양이 무수히 변하는 입의 유연한 원형이 아니라, 형태와 크기가 고정되어 있는 방충망의 사각四角은 사각死角으로서 존재 자체로 인간의 편의를 위한 폭력을 수행하고 있으며, 애정의 시선이 닿지 않는 지점에서 "창문 틀 아래 바스라"지게 만드는 기계적이고 냉혹한 입이 된다. 아이디와 비밀번호와 같이 특정한 개인에게만 허락되는 로그인의 세계에서 정보는 쓸

모와 욕망과 같은 고정된 잣대에 의해 "걸러"진다.

"방충망을 떼어낸다/욕조에 탈탈 밤하늘을 턴다" 너무도 소박하고 익숙한, 내 몸에 밀착된 이 일상–살림의 풍경에는 쓸모의 차원에서 끝내 방충망에 의해 걸려진 "밤하늘"이 있다. 촘촘한 경계를 뚫지 못해 무수한 조각의 집합체로 인지되는 "밤하늘"은 "윈도우"라는, 기계화된 일상을 통과해야만 한다. "텅 빈 내 안에 갇힌 나"는 모든 걸러진 것들을 지우고 나니 끝내 '나'밖에 남지 않았다는 성찰이다. 즉 화자 자신이 대상과 구분되지 않는 지점에서, 소외된 자로서, 보다 직접적인 방식으로 소수자를 호출하는 방식 즉 서발턴 Subaltern의 가장 선명한 표상으로서 자기–역할을 정립하고 있음을 알 수 있다.

> 늦되는 자식이 안쓰러워 어머니는 날 대기만성大器晩成이라 했다
>
> 동·생과 다툴 때면 큰 그릇이 작은 그릇을 품어야 할 것 아니냐 하시던 아버지
>
> 변변치 못한 형편에 겨우 추렴을 했는데도 친구들은 그릇이 작다 수군거렸다
>
> 제 밥그릇도 못 챙기면서
>
> 기일이면 철석같이 숟가락을 꽂는 나는 평생 그릇 되

었다

—「그릇」전문

종종 인간의 도량을 그릇에 빗대곤 하던 전통적 메
타포는 이 짧은 시에서 "나"의 삶과 함께 몇 번이나 변
주된다. 대기만성大器晩成이라는 한자성어는 자식의
충족되지 못한 삶을 안타까워하며 기다리는 사람의
마음이 되었다가 "제 밥그릇"이라는 생계의 현실로 전
환되고 다시 "기일"에 도달해 "부모"에 대한 기억을 소
환하는 오브제가 된다. "그릇이 작다" "제 밥그릇도 못
챙기면서"와 같은 언술에서, "친구들"과 "나"의 말이
경계 없이 '나'의 안팎으로 드나드는 과정에서 흔히 있
을 법한 수사나 수식이 덧붙지 않아 외려 그 핍진성이
여실히 드러난다. 비평이나 산문에서 너무 흔히 사용
되어서 의미가 닳아 버린 말을, 나는 부러 다른 말로
바꾸지 않고 다시 이야기해 본다. 이런 말을, '육성肉聲'
이라고 한다고.

3. 그리고 시

내 손가락이 가장 행복해하는 일은
시집의 책장을 넘기는 일, 그건
탈지면 같은 구름 뜯어다
짓무른 상처를 닦아내는 일
돈 세는 호강이야 못 누려 보지만
돈독 오를 일 없으니 안심이야

(중략)

어제는 사라진 지문 확인시켜 가며
동사무소 인감증명 떼랴
은행대출 붉은 지장 날인하랴
애를 썼지

내게 제일 먼저 숫자 세는 법을 가르쳐 준,
가위바위보 승패를 가장 먼저 겪게 한
그 손가락에 반지 한번 껴 준 일 없이
깍지 끼고 달래며 살아왔네

내가 해 줄 수 있는 일이란 고작

깨물면 아픈 열 손가락

합장으로 기도해 주는 것

그리고 인터넷뉴스 앞에 앉아

북미 핵전쟁을 우려하며

삐져나온 코털이나 뽑아 달라는 것

—「손가락을 위로하다」 부분

　시집 전반에 걸쳐 드러나는 '나'의 목소리는 소박하고 '나'의 자리는 단출하다. 일상을 벗어나지 않으면서도 일상성에 매몰되지 않는다. 의미와 논리를 구성하느라 바쁜 머리나 강렬한 시선으로 대상을 압도하는 눈빛이 아니라, 그저 "손가락" 하나의 자리에 마음을 쓴다. 담담히 몸의 일부를 독립적인 개체로 인지하는 과정을 통해, 그간 수없이 많은 노동을 감당해 온 손가락이 그저 효용성의 영역에서만 유의미한 육체로 인식되는 현실을 짚어낸다. '열 손가락 깨물어 안 아픈 손가락 없다'는 자식을 몸의 일부─자식의 모든 감각을 공유하는 부모의 마음을 대변하는 말이지만 정확히 이와 반대편에 놓여 있는 게 인간을 존중하지 않는 지금의 현실이지 않을까. "북미 핵전쟁"이라는 무서운 현실과 "삐져나온 코털이나 뽑"는 일상의 두 풍경은 일견 대비되는 것처럼 보이지만 '개인'의 자리를 조명하지 않는다는 맥락에서 동일선상에 놓여 있다. 거대한 현실 앞에서 일견 무력해 보이는 개인이 실은 최소한의 행위들—"책장을 넘기는 일" "깍지 끼"기, "합장"과 "기도"에 골몰하며, 매일을, 매 시간을, 매번의 호흡으로 이뤄진 순간순간을 충실하게 영위하는 '나', 당신, "시집의 책장을 넘기"는 것만으로 충만해지는 우리의 모습이 아닐까?

『귤』은 그런 손가락의 자리와 그런 손가락이 가리키고 있는 데를 무심히 지나치는 법이 없다. 하여 『귤』에 담긴 이 모두를 해설의 자리에 온전히 다 담지 못하는 것은 아쉽지만 어쩌면 당연한 일일지도 모른다. 시인의 손가락이 가리키는 모든 존재—짚고 있는 모든 곳을 드문드문 건너뛸 수밖에 없었음을, 더 많은 시를 다 다루지 못한 아쉬움을 언제나 할 말을 다 채울 수 없는 지면의 한계에만 다 떠넘길 수는 없는 이유는 결국 시란 효흡의 영역에 있기 때문일 것이다. 읽는 순간 잠시 흰 꽃잎을 펼쳤다가 휘발되어 버리기 때문일 것이다. 여기에 있는 동시에 늘 저기에 있기 때문일 것이다.

그러니 당부하는 것은, 눈 밝은 시인이 대상의 너머를 넘겨다보는 그 자리들이, 유의미와 무의미의 이분

법은 차치하고라도 일단 아름답다는 것을 그저 감각할 수 있다면 좋겠다는 것. 『귤』 전체를 그저 호흡·육성·고백으로 들을 수 있다면 더 좋겠다. 그 자리가 바로 시인이 마련해 놓은 시의 자리니까. 의미가 파생되는 지점은 언제나 그다음 자리이며 한 차례 아름다움을 겪고 난 당신이 다시 한번 이 시집을 읽었을 때 천천히 헤아려 본다면 훨씬 더 풍성해질 자리라고 생각한다.

귤

2022년 6월 24일 1판 1쇄 펴냄
2022년 11월 18일 1판 2쇄 펴냄

지은이   김백형

펴낸이   김성규

편집   김은경 김도현

디자인   신아영

펴낸곳   걷는사람

주소   서울 마포구 월드컵로16길 51 서교자이빌 304호

전화   02 323 2602

팩스   02 323 2603

등록   2016년 11월 18일 제25100-2016-000083호

ISBN 979-11-92333-16-8 04810

ISBN 979-11-89120-01-2 (세트)